Stélio Torquato Lima

MOBY-DICK
EM CORDEL

Adaptação da obra de
Herman Melville

Apresentação de
Marco Haurélio

Xilogravuras de
Lucélia Borges

Clássicos em CORDEL

NOVALEXANDRIA

São Paulo - 1ª edição - 2019

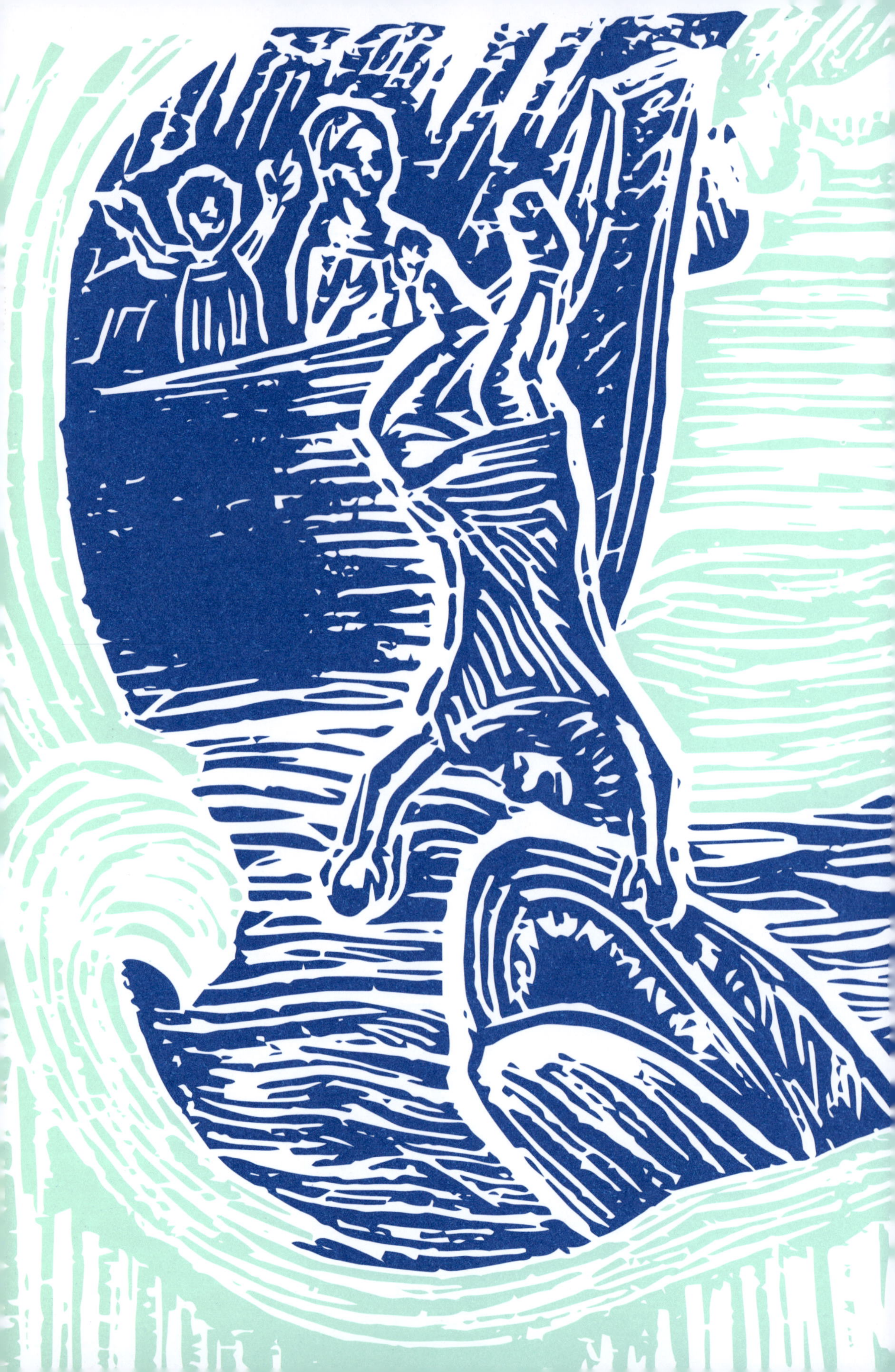

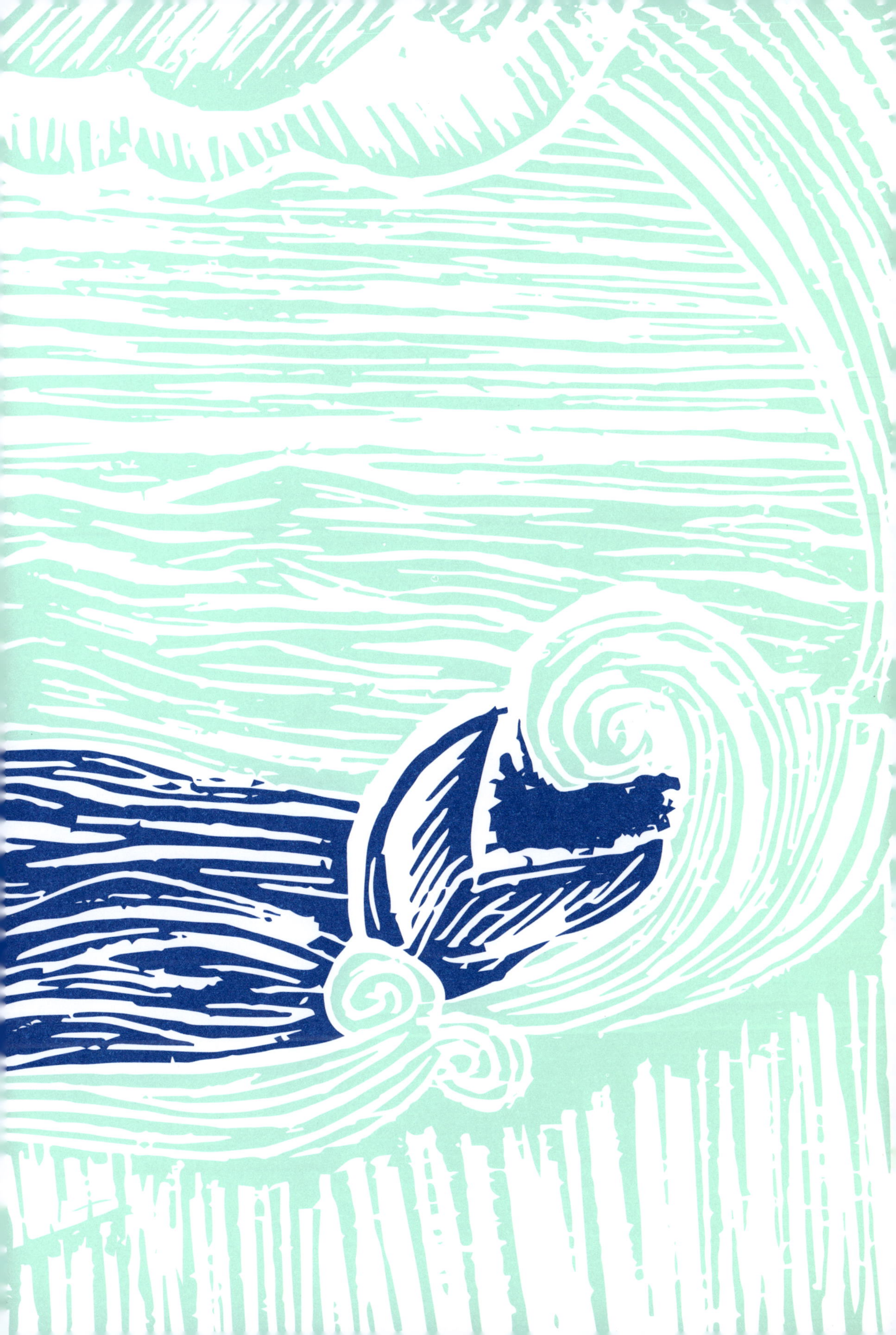

Título original: Moby-Dick; or, The Whale
©Copyright, 2019, Stélio Torquato Lima
1ª edição – outubro/2019

Todos os direitos reservados.

Editora Nova Alexandria
Rua Engenheiro Sampaio Coelho, 111
04261-080 - São Paulo-SP
Fone/fax: (11) 2215-6252
Site: www.novaalexandria.com.br
E-mail: novaalexandria@novaalexandria.com.br

Coordenação da edição: Marco Haurélio
Revisão: Augusto Rodrigues
Projeto Gráfico, Capa e Editoração Eletrônica: Maurício Mallet
Xilogravuras: Lucélia Borges

CIP-BRASIL. CATALOGAÇÃO-NA-FONTE

S11c

Lima, Stélio Torquato, 1966-

Moby-Dick / Melville, Herman; adaptação de Stélio Torquato Lima; apresentação de Marco Haurélio; xilogravuras de Lucélia Borges - São Paulo: Nova Alexandria, 2019. - (Clássicos em cordel) 1ª Edição, 2019

48 p.

Adaptação de: Moby-Dick / Herman Melville,

ISBN 978-85-7492-475-5

1.Literatura de cordel infantojuvenil. Melville, Herman 1819-1891. Moby-Dick. II. Lucélia Borges (Xilogravurista).

08-5454.   CDD: 398.5
                                                                      CDU: 398.51

12.12.08   15.12.08   010188

Índice sistemático para catalogação
027- Bibliotecas gerais
027.625 - Bibliotecas infantis
027.8 - Bibliotecas escolares
869B - Literatura brasileira

MOBY-DICK
EM CORDEL

Apresentação

PARA COMEÇO DE CONVERSA

O romance **Moby-Dick** foi originalmente publicado em três fascículos em Londres, em 1851. No mesmo ano, a obra saiu em edição integral em Nova York. O romance foi inspirado em um fato verídico: o naufrágio do navio Essex, comandado pelo capitão George Pollard, após a embarcação ser atingida por uma baleia. A história se abre com uma das frases mais célebres de todos os tempos ("Call me Ishmael", ou seja, "Chame-me Ismael"), pois se volta para o jogo de máscaras presente no processo de narração. Apesar de ser uma obra revolucionária para a época, com descrições minuciosas e realistas sobre a arte náutica e sobre a caça de baleias, não foi bem recebida pela crítica, contribuindo para o declínio da promissora carreira literária de Melville. A caça à baleia, hoje, com sobradas razões, tão combatida, era uma das mais importantes atividades econômicas do século XIX, já que a gordura desse cetáceo servia para lubrificar máquinas e, principalmente, como combustível para a iluminação pública nas grandes cidades.

Além da riqueza de detalhes, que muito contribui para a verossimilhança do romance, a história do obcecado capitão Ahab (Acabe na versão aportuguesada no cordel de Stélio Torquato) traz elementos que remetem à Bíblia sagrada, como o nome do protagonista, o mesmo de um rei de Israel que teria vivido entre os anos de 873–852 a.C. e que, desposando a princesa sidonita Jesabel, termina incorrendo em idolatria, sendo, por isso, admoestado pelo profeta Elias (nome de outro personagem do romance de Melville) sobre sua futura ruína. Outras alusões bíblicas são à história de Jonas e, também, ao lendário monstro marinho Leviatã.

Entre as numerosas adaptações da obra, cabe destacar o filme britânico de 1956, dirigido por John Huston, com Gregory Peck no papel do atormentado Capitão Ahab, e com uma antológica participação de Orson Welles, interpretando um pastor protestante. Outro filme que, certamente, inspira-se em Moby-Dick é o clássico Tubarão, dirigido por Steven Spielberg em 1975. O personagem Quint, interpretado por Robert Shaw, é um lobo do mar obcecado com os tubarões.

MOBY-DICK EM CORDEL

Stélio Torquato Lima notabilizou-se por adaptar para o cordel obras literárias e cinematográficas, sendo o grande recordista entre os rapsodos populares. É reconhecida a sua capacidade de reunir, em versões rimadas, o essencial de cada obra, preservando os episódios mais marcantes e as características definidoras dos principais personagens. Com Moby-Dick, talvez o mais importante romance já escrito nos Estados Unidos da América, não é diferente. A obsessão do capitão Acabe, em que pesem todas as possibilidades de fracasso, é narrada magistralmente, na voz de Ismael, testemunha ocular de uma aparente epopeia que se converte numa irresistível e inevitável tragédia.

A descrição de Acabe, sempre taciturno, assaltado por pensamentos sombrios, certamente impressiona:

> Ele não sentia o vento
> E nem o cheiro salgado.
> Pro horizonte, seu olhar
> Se achava direcionado.
> No rosto, as marcas da dor
> De um sombrio interior
> Pra sempre crucificado.

Que esta setilha exemplar funcione como convite à leitura.

Quem foi Herman Melville

Herman Melville nasceu em 1819, em Nova York, onde também faleceu, em 1891. Após a morte do pai, em 1832, teve de ajudar a manter a mãe e os sete irmãos, vindo a trabalhar como bancário, professor e agricultor. Em 1839, embarcou como ajudante no navio mercante *St. Lawrence*, com destino a Liverpool e, em 1841, no baleeiro *Acushnet*, a bordo do qual percorreu quase todo o Pacífico. Quando a embarcação chegou às ilhas Marquesas, na Polinésia francesa, Melville decidiu abandoná-la para viver junto aos nativos por algumas semanas, experiência depois narrada no livro *Typee*, de 1846. Após uma série de incidentes vividos como caçador de baleias, passou a se dedicar integramente à carreira literária. Em 1850, conheceu o também escritor Nathaniel Hawthorne, a quem dedicou *Moby-Dick*, publicado em Londres, em 1851. O fracasso de vendas de *Moby-Dick* e de *Pierre*, de 1852, fez com que sua carreira literária começasse a declinar, até o autor ficar inteiramente esquecido. Entre suas obras, merecem destaque: *Typee* (1846), *Omoo* (1847), *White-Jacket* (1850), *Moby-Dick, a baleia branca* (1851), *Ilha da Cruz* (1853) e *Billy Budd* (1924).

MOBY-DICK
EM CORDEL

Stélio Torquato Lima

Adaptação da obra de Herman Melville

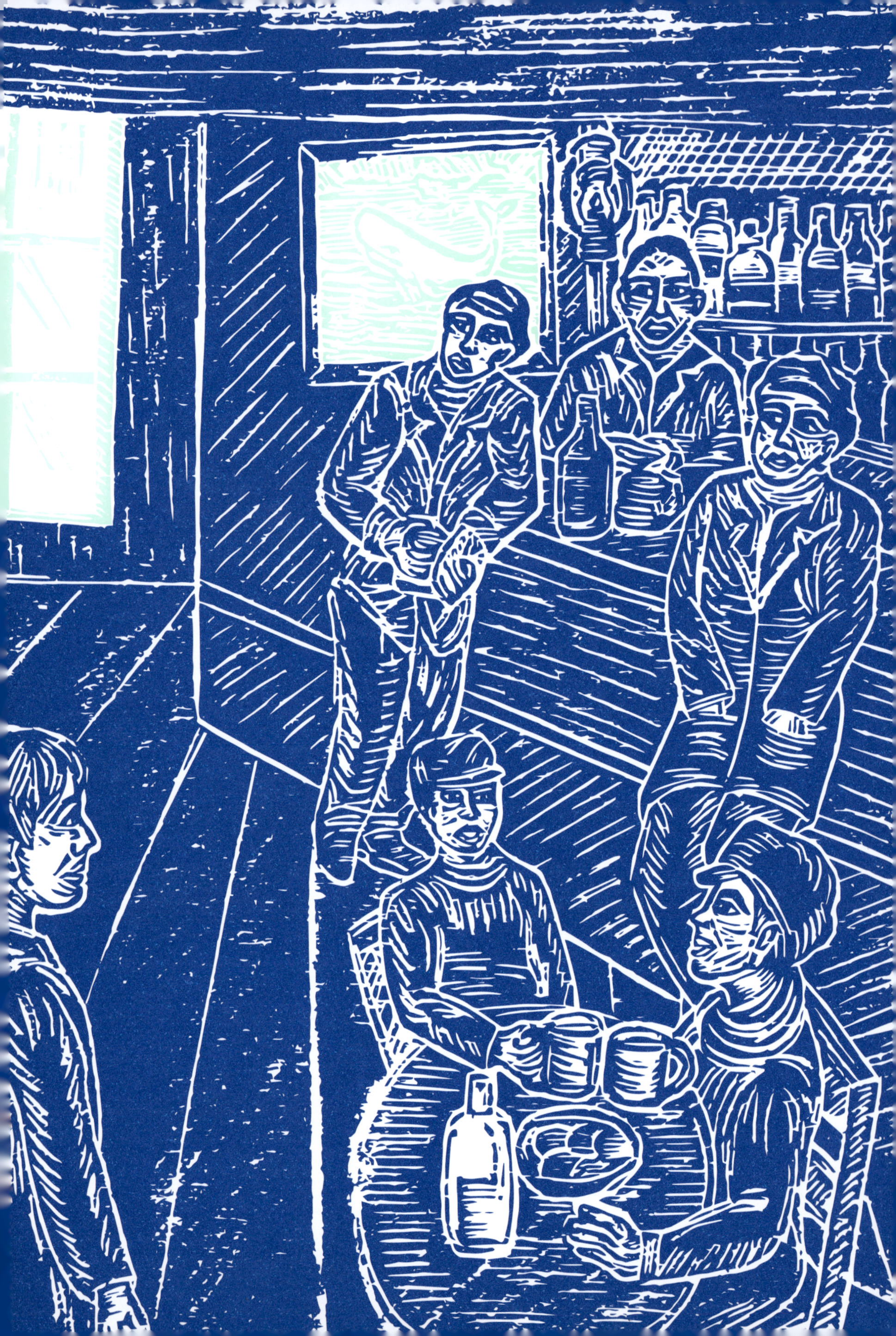

Trate-me por Ismael,
Meu prezado companheiro.
E saiba que há muito tempo,
Achando-me sem dinheiro,
Eu decidi navegar,
Afoitamente cruzar
Os mares do mundo inteiro.

Quando o tédio me domina,
Tornando vazia a vida,
Quando eu venho a ser tomado
Por uma fúria incontida,
Quando um novembro cinzento
E úmido traz-me tormento,
O mar é minha saída.

Pois há na água um encanto
Difícil de explicar.
Esta leva o ser humano
Pra dentro de si olhar.
Negro, amarelo, vermelho...
Não importa: ela é um espelho
Que leva o homem a se achar.

Com essa ideia na mente,
Por uma semana inteira
Eu viajei pra New Bedford,
A cidade baleeira.
Num navio ingressaria
E baleias caçaria:
Eis minha meta primeira.

Antes a caça à baleia,
Chamada baleação,
Era bastante rentável,
Pois muito produto então
Do animal era tirado,
Incluindo um óleo usado
Para a iluminação.

Minha alegria era grande,
Porém logo foi quebrada
Ao ver uma ilustração
Na parede pendurada.
Nela, um cetáceo bravio
Destruía um navio
Com uma forte cabeçada.

"As baleias são capazes
De tal destroço fazer?"
Respondendo essa pergunta,
O fortão veio a dizer:
"Elas podem, meu rapaz,
Fazer isso e muito mais,
Pois têm enorme poder."

"Se uma baleia salta,
Logo um maremoto vemos.
E se cair sobre alguém,
O tal vai direto aos demos.
Se um navio destruir
E os marujos engolir,
Limpa os dentes com os remos."

Eu me quedava assustado
Com aquela descrição,
Quando uma batida seca
Chamou a minha atenção
E fez que todos no bar
Começassem a se voltar
Pra uma mesma direção.

O clarão de um relâmpago
Mostrou-nos o dito-cujo
Que solitário cruzava
O piso molhado e sujo,
Produzindo o tal ruído
Que a atenção tinha atraído
De cada reles marujo.

Era o capitão Acabe
O homem que ali passava.
Era alto, espadaúdo,
Casaca e cartola usava.
Pelo vidro da taverna
Eu vi então que uma perna
Naquele homem faltava.

Por uma baleia branca
A perna fora arrancada.
Assim, a perna postiça
Foi pra ele preparada
Com marfim de cachalote
Por um artesão baixote
Instalado na enseada.

Pouco depois vim saber,
Numa conversa bem franca,
Que, muito mais que uma perna,
Tivera a figura manca
Sua rude alma perdido
No ataque desferido
Pela tal baleia branca.

Todos que estavam no bar
Disso muito bem sabiam.
Por isso, silenciosos
Os homens permaneciam
Enquanto Acabe passava,
Produzindo, quando andava,
O som tão seco que ouviam.

Mal ele deixou, porém,
A rua na qual seguia,
O bar se reanimou,
Com música e alegria.
E sobre o homem do arpão
Fui pedir informação
Ao homem que me servia.

A resposta que eu ouvi
Me fez suar e tremer:
"Aqui ele não está.
Foi a cabeça vender."
Eu não entendera nada,
Mas não quis o camarada
Tal assunto esclarecer.

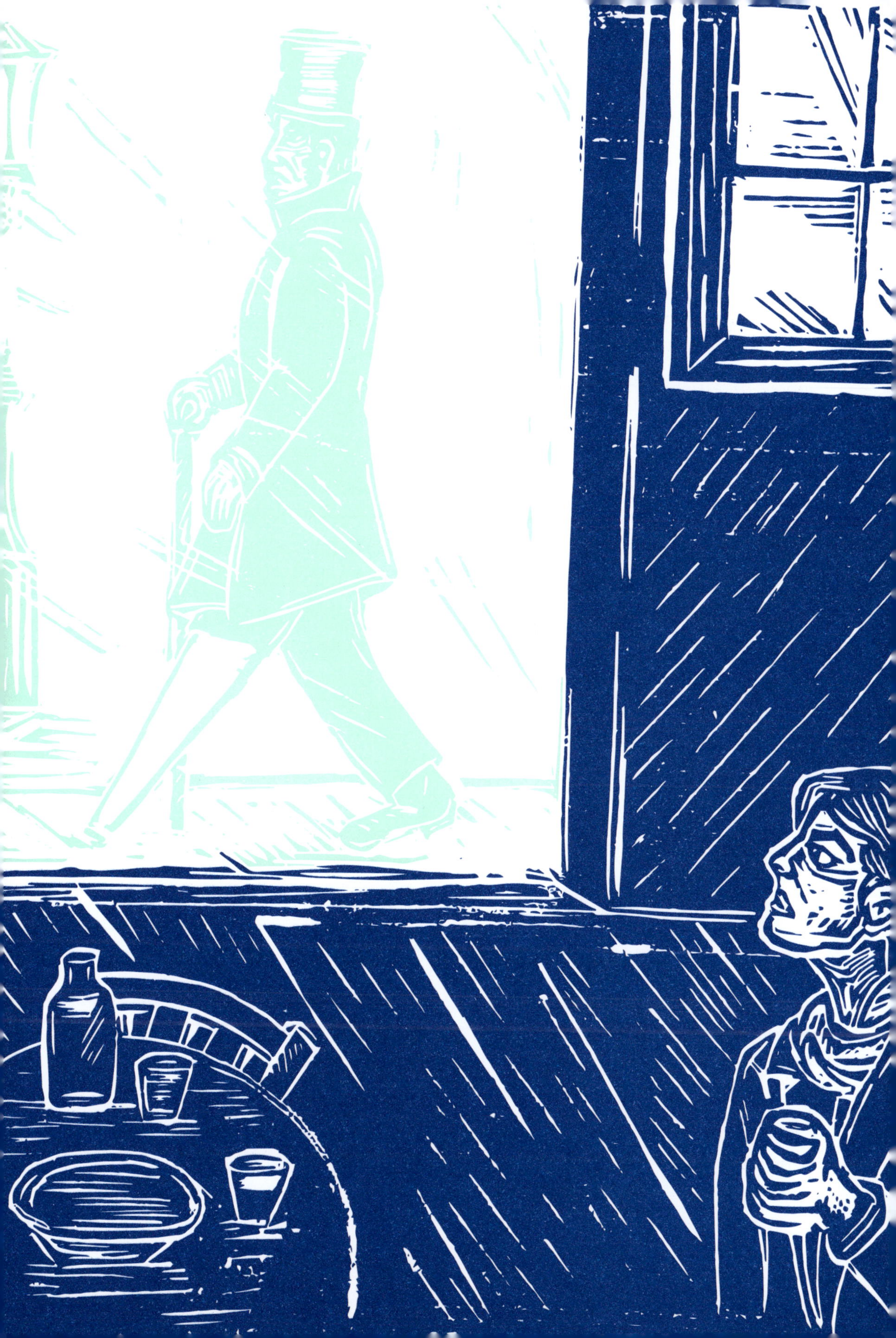

Só depois, quando eu estava
Aboletado em meu leito,
O clarão de um relâmpago
Fez-me ver que um sujeito
Adentrava o aposento,
Sendo esse dito elemento
Alguém estranho e suspeito.

Era alto, usava brincos,
Tinha a face tatuada.
Salvo um rabo de cavalo,
A cabeça era raspada,
Um cachimbo numa mão;
Na outra, afiado arpão
Exibia o camarada.

Dum saco que ele trouxera,
Algo estranho retirou.
Ao ver o que era aquilo,
O meu corpo se abalou
E tive uma náusea insana:
Era uma cabeça humana
Que ele ali depositou.

Depois de trocar de roupa,
Vi que ele se dirigia
Para a cama onde eu,
Com muito medo, tremia.
Quando ele me notou,
Uma grande faca apanhou,
E eu gritei com energia:

"Hospedeiro! Hospedeiro!
Venha aqui pra me salvar!"
Quando chegou, perguntei:
"Por que deixou de informar
Que a cama eu dividiria
Com um canibal, o que iria
Esse incômodo evitar?"

Sendo tudo esclarecido,
Tentei ficar relaxado.
Para me tranquilizar,
Eu me apeguei ao ditado:
"É bem melhor, afinal,
Algum sóbrio canibal
Que um cristão embriagado."

Ao acordar, me alegrei,
Pois a manhã era bela.
E, sendo domingo, eu fui
Ao culto em uma capela
Que hábeis trabalhadores
Fizeram pros pescadores
Numa rua paralela.

Com púlpito que lembrava
A proa de um baleeiro,
Aquela pequena igreja
Encantava o forasteiro.
Homenagens lá se viam
Aos que perecido haviam
No mar, belo e traiçoeiro.

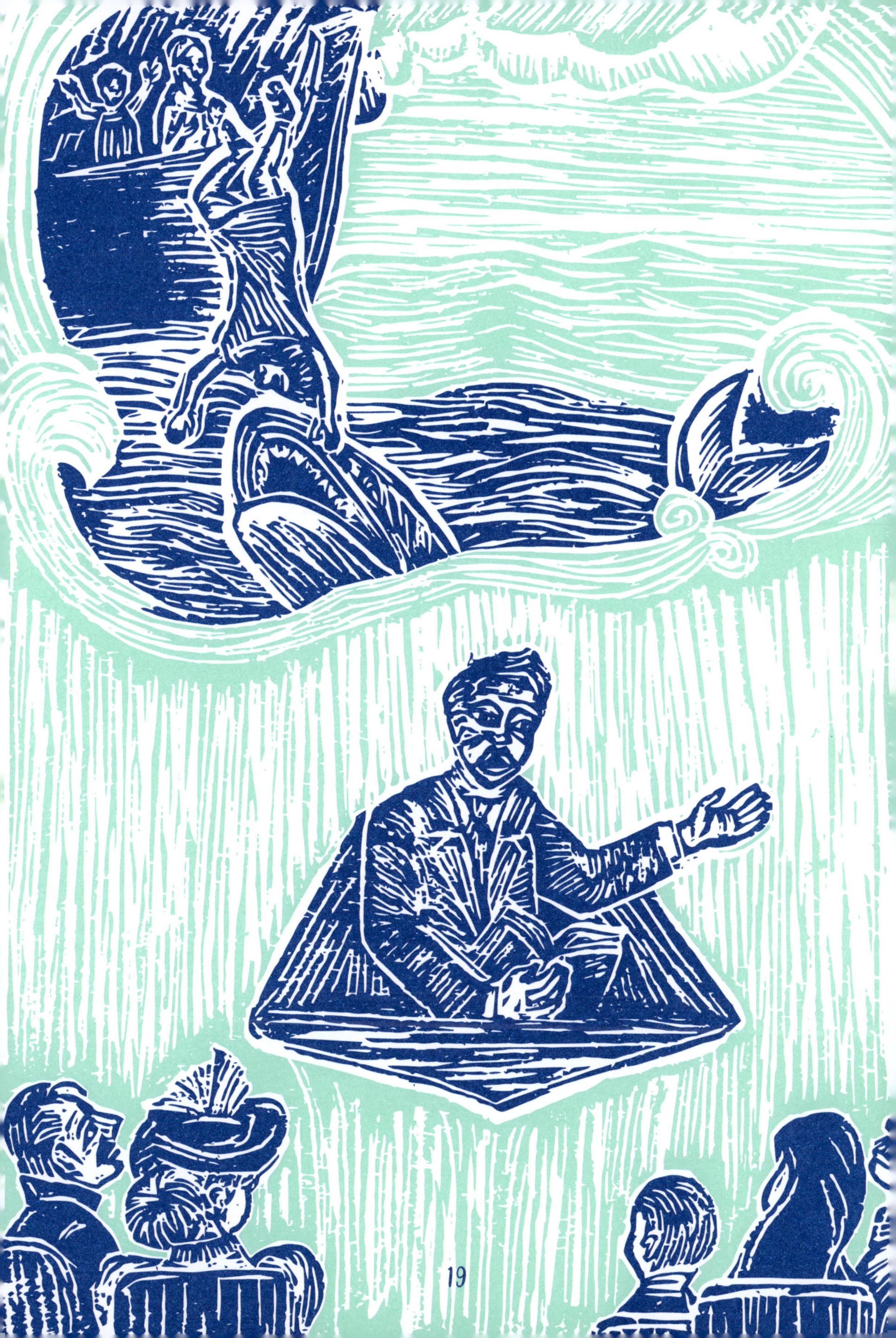

Todos estavam cantando
Com contrição e ardor
Quando entrou o senhor Mapple,
O renomado pastor.
O seu lugar assumiu
E a sua Bíblia abriu,
Vindo a pregar com fervor.

Era um sermão sobre Jonas,
A quem o Senhor puniu,
Uma vez que esse profeta
Sua missão não cumpriu.
Jonas entrou num navio,
Mas o mar se fez bravio,
Pois assim Deus consentiu.

Depressa, a tripulação,
Já tomada pelo horror,
Veio a descobrir que Jonas
De tudo era o causador.
Por isso, ele foi lançado
No mar de fúria encrespado,
Que foi perdendo o furor.

Nas profundezas das águas,
O profeta descobriu
Que era vão fugir de Deus,
Algo que não conseguiu.
Por essa atitude feia,
Emergiu uma baleia,
Que depressa o engoliu.

Por três dias e três noites
Ele ali permaneceu.
Disse então: "Na minha angústia,
Pelo Senhor clamei eu.
Do ventre das profundezas
Eu gritei, já sem defesas,
E Ele me respondeu."

A história eu conhecia,
Mas digo de coração
Que a retórica estupenda,
Os gestos, a entonação
Daquele nobre pastor
Mais vivacidade e cor
Deram à cena em questão.

O sermão do senhor Mapple
Tocara profundamente
Cada um dos pescadores
Que ao mar iam brevemente,
Porque eles não sabiam
Se com vida voltariam
Pra junto de sua gente.

Quando voltei para o quarto,
O meu companheiro olhava
As gravuras de um livro
Que de baleias tratava.
Como não sabia ler,
Ajudei-o a entender
O que ali escrito estava.

Queequeg era o nome
Do estranho companheiro,
Que disse "Meu pai é rei,
O meu tio é feiticeiro
E um chefe é o que sou!"
Essas coisas me informou
Num dia de nevoeiro.

Não tardou para a amizade
Entre nós dois se instaurar.
Por isso, quando lhe disse
Que eu pretendia ingressar
Num navio baleeiro,
Meu sinistro companheiro
Declarou sem hesitar:

"Seu barco será meu barco.
O mesmo mar cruzaremos,
E, juntos, muitas baleias,
Com certeza, caçaremos.
Pra este pacto firmar,
Vamos agora fumar
No cachimbo que aqui temos."

Pelo pacto firmado,
No dia seguinte iríamos
Escolher o baleeiro
Em que juntos partiríamos
Para a caça das baleias,
Cruzando as águas alheias,
As quais nós não conhecíamos.

E assim, no dia seguinte
Caminhamos pelo cais.
Nós subimos em um barco,
Em um outro, noutro mais.
Vendo o Pequod, então,
Dessa bela embarcação
Nos agradamos demais.

Quando ao convés nós subimos,
Um senhor nos abordou.
"É o capitão?" - perguntei,
E, surpreso, ele falou:
"Só um forasteiro não sabe
Que o capitão é Acabe.
Contratante é o que sou."

Querendo saber se eu tinha
A experiência bastante,
Informei que trabalhara
Só na marinha mercante.
Ele fez uma careta,
E um homem numa banqueta
Me chamou naquele instante.

Com esse segundo homem,
Combinei logo a quantia
Que eu iria receber
Com o trabalho que faria.
Depois de lhe escutar,
Tive que me contentar
Com menos do que eu queria:

"Se paga maior lhe der,
Há de me faltar dinheiro
Pros órfãos e pras viúvas,
Porque muito marinheiro
Morre sempre que um navio
Enfrenta este mar bravio,
Quanto mais um baleeiro."

Dessa forma, me restava
Somente o nome assinar.
No entanto, eu hesitei,
Sem querer continuar.
Vendo que eu me demorava,
Um dos tais, com cara brava,
Pediu para me explicar.

"Acabe não foi o rei
Da Bíblia que agiu tão mal,
Que casou com Jezabel
E que adorou a Baal?
Por isso, quando morreu,
Um cão seu sangue lambeu...
Será isso um mau sinal?"

Furioso, o contratante
Logo me repreendeu:
"E pode alguém ser culpado
Se um mau nome o pai lhe deu?
Deixe o cidadão em paz.
E assine o papel, rapaz,
Ou tome o rumo, entendeu?"

Chegando a vez de Queequeg,
O homem ali bem sentado
Não hesitou em mostrar
Seu desdém e seu enfado:
"Por certo não és cristão,
E os mandamentos, então,
Não tens nunca observado..."

Em resposta a esse desdém,
Queequeg pegou o arpão
E o lançou contra um barril
Bem próximo ao cidadão.
O arpão logo atingia
O círculo que ali havia
Com bastante precisão.

O homem, admirado
Com a incrível pontaria,
De toda e qualquer pergunta
Prontamente se esquecia.
Queequeg foi contratado
Vindo a ser remunerado
Com uma elevada quantia.

Sem saber ler e escrever,
Queequeg não hesitou
Quando um dos contratantes
Uma pena lhe entregou:
Em lugar do nome dele,
Você sabe o que fez ele?
- Uma baleia esboçou.

Fomos depois à pousada
Pra buscarmos a bagagem.
Dali, fomos ao navio
Pra seguirmos em viagem.
No caminho, um camarada
Com a roupa esfarrapada,
Apareceu qual miragem.

Com olhar próprio dum louco,
Ele foi nos inquirindo
E perguntou se ao Pequod
É que a gente estava indo.
Como respondi que sim,
Um questionamento a mim
De pronto foi dirigindo:

"Vocês venderam as almas
Para serem contratados?"
Antes de eu lhe responder,
Ele disse, em altos brados:
"Nenhum de vocês dois sabe
Quem é, realmente, Acabe.
Fatos lhes foram negados."

Já bastante aborrecido,
Disse que eu já conhecia
A história da baleia
Que tinha atacado um dia
E feito a amputação
Da perna do capitão
Por quem ódio ele nutria.

Não se dando por vencido,
Perguntou-me o tal plebeu:
"Disseram como a mãe dele
Morreu quando ele nasceu?
Que Deus, com um raio, o feriu?
Que mal na Igreja agiu?
O que no mar ocorreu?"

Como não liguei pra ele,
Nem demonstrei qualquer medo,
Ele pôs em mim os olhos
E, apontando-me o dedo,
Fez-me uma declaração,
Sinistra revelação
De medonho e vil segredo:

"O cheiro da terra, um dia,
Em pleno mar sentirão.
Será quando para o túmulo
Há de ir seu capitão.
Mas ele regressará
E a todos chamará.
Exceto um, todos vão."

Muito embora eu não ligasse
Para insanas profecias,
As palavras do tal homem
Soaram-me bem sombrias.
"Quem é você?" - perguntei.
E ele disse: "Bem sabei:
Eu tenho por nome Elias."

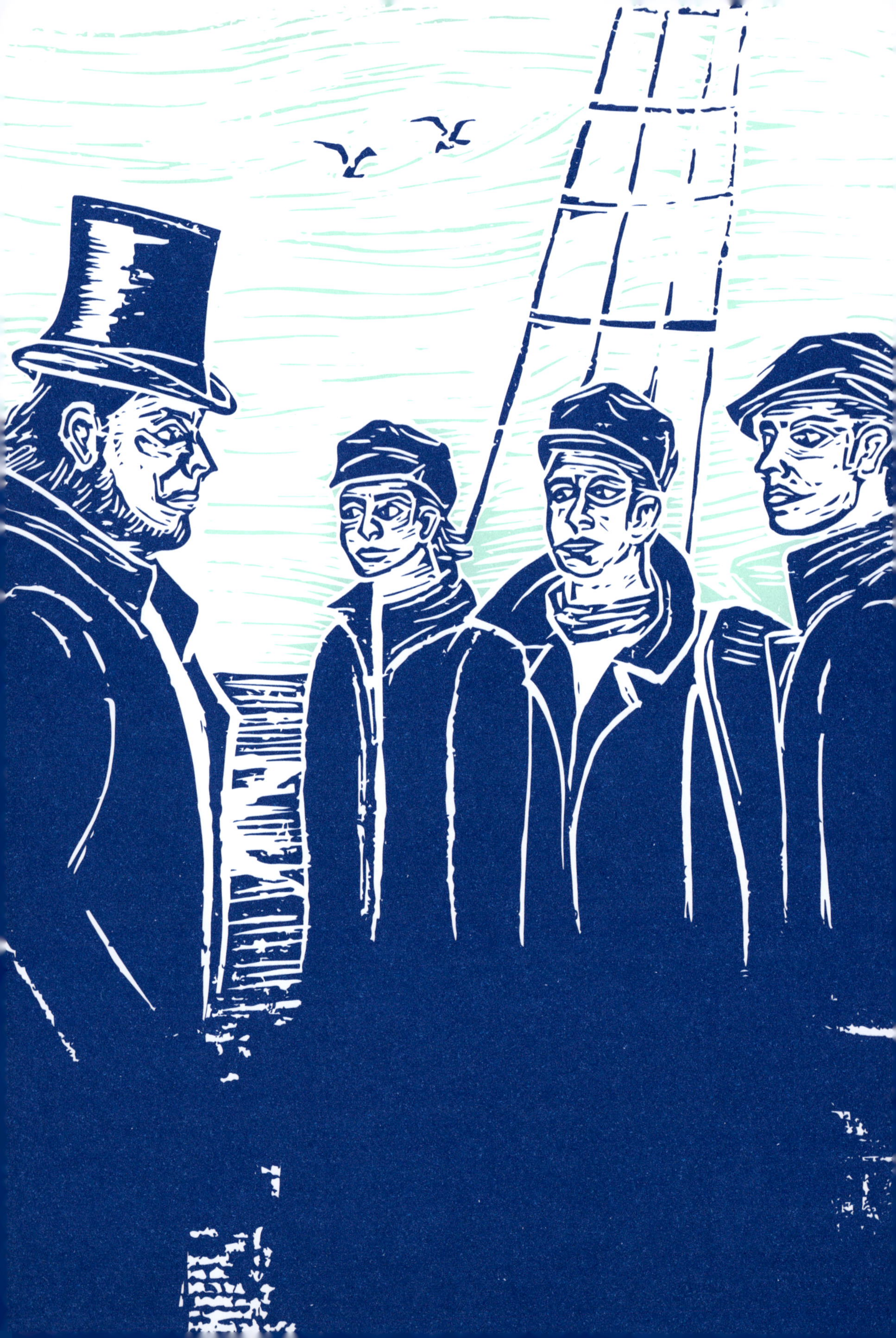

Deixando o sinistro homem,
Subimos ao baleeiro.
Dali, eu vi as mulheres
Dando adeus ao companheiro.
Fui também observando
Os pais seus filhos beijando
Como um gesto derradeiro.

As mulheres e as crianças,
Do porto, viam sumir
Cada navio que iria
As baleias perseguir.
O Pequod, entre os tais,
Deixava depressa o cais
Pra sua missão cumprir.

O Starbuck, o Stubb e o Flask
Eram os oficiais.
Estes ajudavam Acabe
Desde a partida, no cais.
Cada um com sua função,
Os três davam ao capitão
Suportes fundamentais.

O Starbuck era o segundo
Dentro dessa hierarquia.
Era bem religioso
E com calma sempre agia.
Inspirando confiança,
Ele dava a segurança
Que a expedição requeria.

O Stubb era o fortão
Que me interpelou no bar.
No pensar, ele era lento,
Mas ligeiro no falar.
Figura bem-humorada,
Era um bom camarada,
Sabendo sempre agregar.

O terceiro era o Flask,
Que era metido a valente.
Era baixo, ruivo e forte
E irritava muita gente.
Baleias ele odiava,
E, por isso, as caçava
Com prazer tão veemente.

Apesar das diferenças,
Que entre os três homens havia,
O trio de oficiais
Que mencionei procedia
De um mesmo ponto da terra,
Que era a Nova Inglaterra,
De onde o Pequod partia.

E a tripulação do barco
Bem diversa origem tinha:
Da Groenlândia à Mombaça,
De todo canto ela vinha.
Gente de todas as cores
Que seguia pros Açores
Com a afável brisa marinha.

Semanas após partirmos,
A todos algo intrigava:
Onde estava o capitão
Que a todos nós comandava?
Sua porta permanecia
Fechada por todo o dia,
E ninguém o avistava.

Só quando a noite ia alta,
E já estávamos no leito,
É que do quarto saía
Aquele estranho sujeito.
Por todo o convés seguia,
E o toc-toc impedia
Que alguém dormisse direito.

Um dia, foi ordenado
A toda a tripulação
Que fosse limpo o convés
Com muita água e sabão.
Eu trabalhava agachado,
Quando um marujo, ao meu lado,
Deu-me um leve cutucão.

Quando, semelhante aos outros,
Meu olhar do chão levanto,
Vi o capitão Acabe
De pé parado em um canto.
A sua perna tão feia
Feita de osso de baleia,
Causou em mim grande espanto.

Ele não sentia o vento
E nem o cheiro salgado.
Pro horizonte, seu olhar
Se achava direcionado.
No rosto, as marcas da dor
De um sombrio interior
Pra sempre crucificado.

Quebrando a sua inércia,
Ordenou o capitão
Que todos os marinheiros
Prestassem muita atenção
Ao que ele iria dizer.
Todos, sem tempo a perder,
Correram com prontidão.

O capitão, com firmeza,
Ordenou com grande brado:
"Cacem a baleia branca
Igual a um monte nevado.
Vamos aos confins da terra,
Mas a busca só se encerra
Quando o monstro for caçado."

Uma moeda dourada
Do seu bolso ele apanhou.
Então, pedindo um martelo,
No mastro ele a pregou.
Olhando pra todos nós
E, erguendo a sua voz,
Com grande fúria bradou:

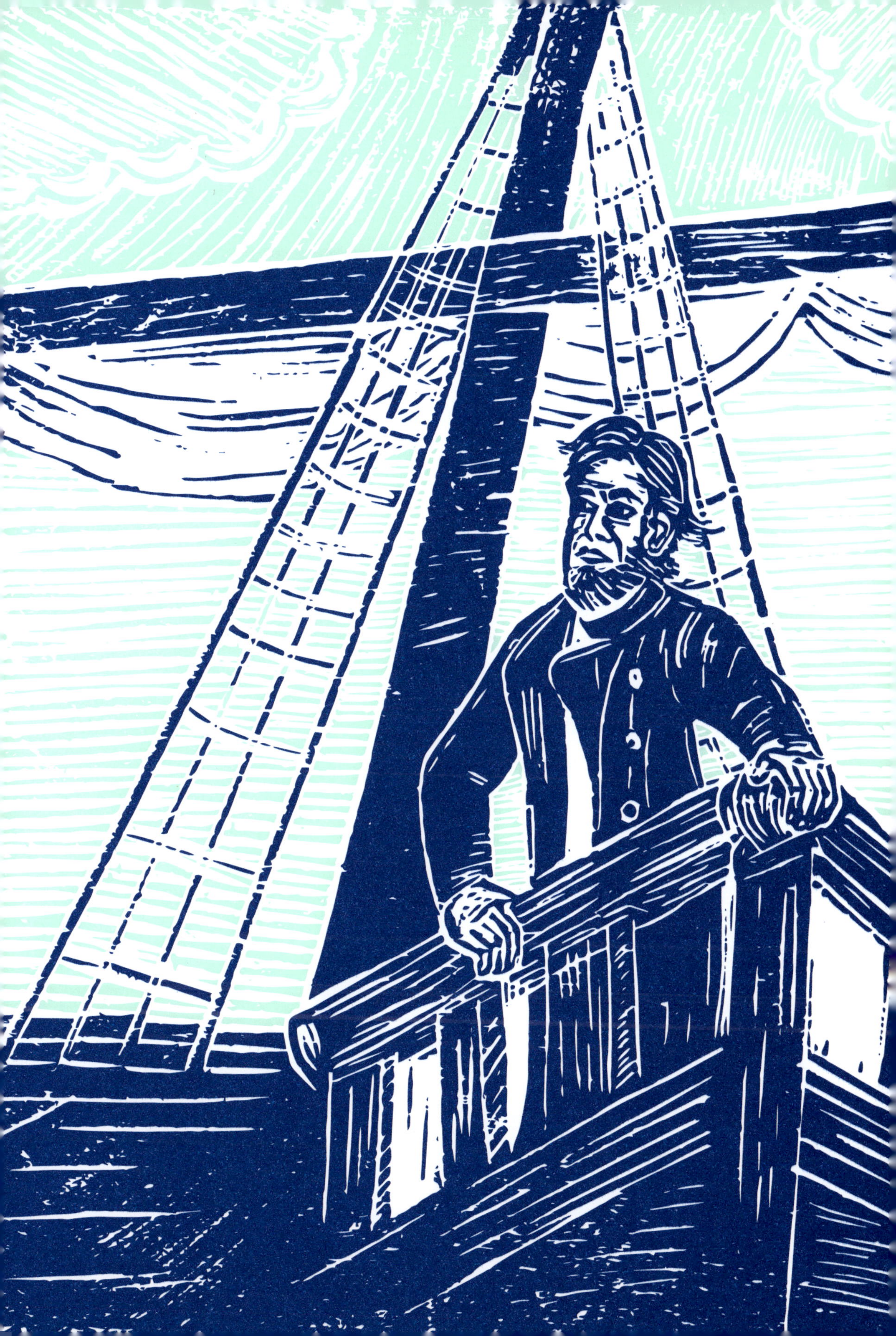

"Quem primeiro a vir terá
Esta moeda de ouro.
E quando nós a matarmos,
Dou a vocês meu tesouro.
Pois meu corpo e a alma minha
Rasgou-me a fera marinha,
E meu ódio é imorredouro."

"Ela matou mais marujos
Que qualquer outro animal.
O seu nome é Moby-Dick
E é tida como imortal.
Porém nem que eu cruze o mundo,
Matarei o monstro imundo
Que me trouxe tanto mal."

Sua fala cheia de ira
A todos contagiou.
Por isso, nós endossamos
O plano que ele traçou:
Ninguém ia descansar
Até conseguir matar
A fera que o mutilou.

Pouco depois, o marujo
Que do alto vigiava
Gritou do cesto da gávea
Que a bombordo se achava
Uma baleia cachalote.
O Starbuck, com um pinote,
Rapidamente ordenava:

"Quero três botes no mar!
Depressa, tripulação!
Vamos logo com as cordas!
Olho vivo no timão!
15 graus a estibordo!
Arpoadores, a bordo;
E cuidado com o arpão!"

Muito indiferente, Acabe
Seguiu pra seu camarote.
Eu o vi seguir; depois
Me posicionei no bote.
Com Queequeg, meu amigo,
Ia enfrentar o perigo,
Combatendo um cachalote.

Somente quem já esteve
Bem perto de um bicho tal
Pode saber como ele
É de fato colossal.
O monstro seguia a frente
E tentava, inutilmente,
Fugir do ataque mortal.

Cada um dos comandantes
Dos três botes em ação
Motivava os seus homens,
Buscando aumentar, então,
A cadência da remada,
Pra presa ser alcançada,
E ser lançado o arpão.

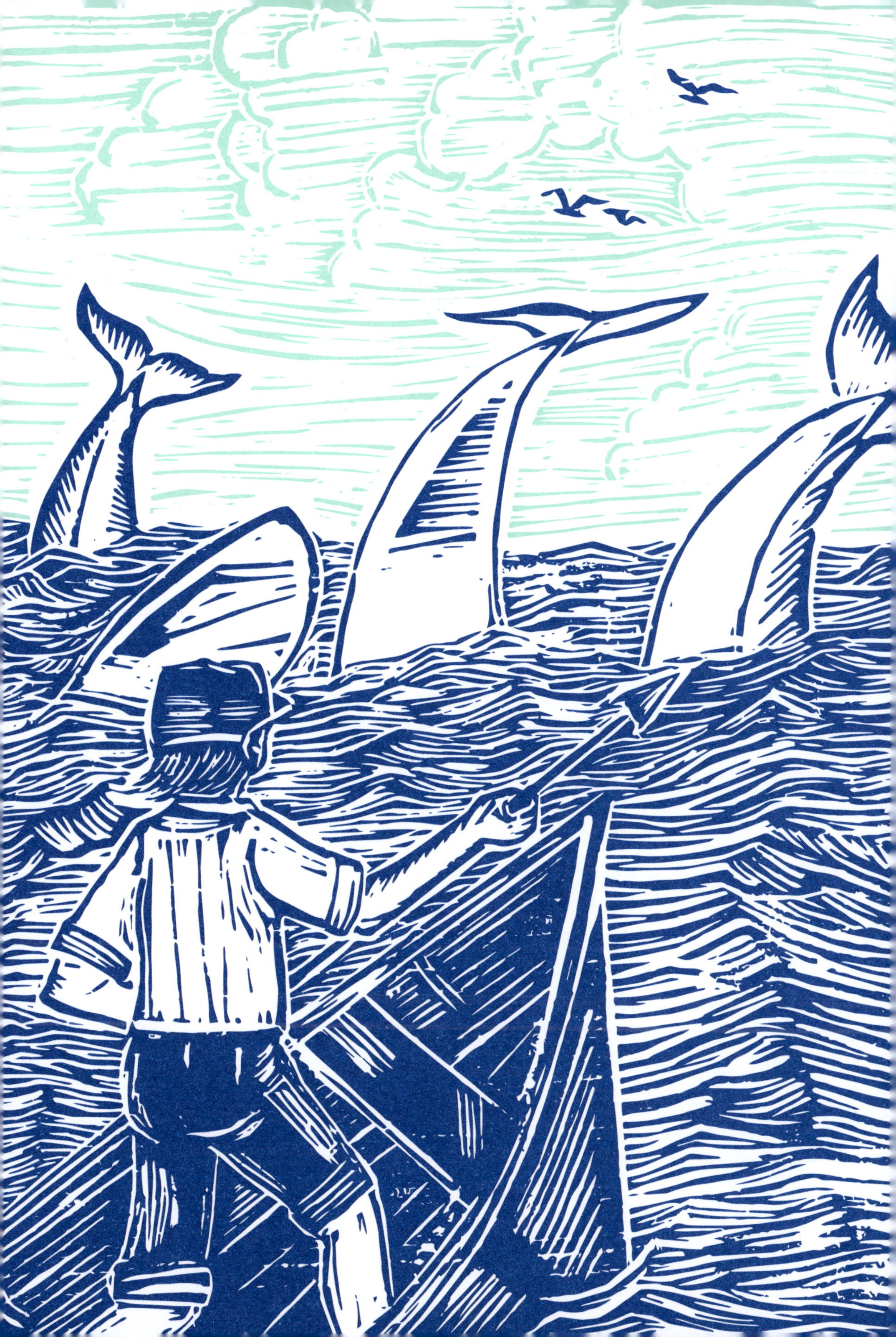

Ordenaram os comandantes
E nós lhe obedecemos,
Procurando acelerar
O movimento dos remos.
Ficamos muito cansados
Com os esforços levados
Aos limites mais extremos.

Alcançando a nossa presa,
Queequeg lançou o arpão,
Que atingiu o cachalote
Com força e com precisão.
Vindo a perder muito sangue,
A baleia, muito exangue,
Encontrava a perdição.

Ferido pelos arpões
Dos outros botes lançados,
E com todo aquele sangue
Espirrando dos costados,
Aquele imenso animal,
Deu seu suspiro final
Ante a marujada em brados.

Cortado em imensas postas,
O animal foi congelado.
O trabalho foi imenso,
Mas, ao ser finalizado,
Deu lugar ao canto e à dança,
Porque foi grande a festança
Dado o êxito alcançado.

Da indisfarçável alegria
Que a tripulação mostrava,
Na face do capitão
Nem mesmo um pouco se achava,
Pois não tinha ido ao mar
Para dinheiro ganhar.
Pra isso já não ligava.

Era somente a vingança
Que o seu coração nutria.
Era nisso que pensava
Dia e noite, noite e dia.
Moby-Dick era o motivo
Que ainda o mantinha vivo,
A causa por que vivia.

Se os contratantes pudessem
Ler de Acabe o pensamento,
Saberiam que pra este
O Pequod era o instrumento
Que iria utilizar
Pra vir a concretizar
O seu deplorável intento.

Pra ele nada valia
Todo o óleo nos barris.
Também a carne e o marfim
Não o punham mais feliz
Como aqueles que cantavam,
Que sorriam, que dançavam
Com movimentos febris.

De nada disso sabia
O Starbuck, o imediato,
Quando procurou Acabe
Para fazer-lhe o relato
Do lucro que era esperado
Com o cachalote apanhado,
Sendo uma praxe aquele ato.

Acabe olhava um mapa
Quando o imediato entrou.
Sem levantar a cabeça,
O capitão o chamou.
Para o tal mapa apontando,
Acabe foi explicando
Ao homem que ali chegou:

"Venho fazendo este mapa
Há muitos e muitos anos.
Com os dados que colhi
Com capitães veteranos,
Tracei as rotas prováveis
Dos cardumes mais notáveis
De todos os oceanos."

"Da bela baleia azul
Veja aqui o movimento.
Olhe como os cachalotes
Fazem seu deslocamento.
Orcas, bicudas, jubartes...
Sem erro, sei em que partes
Se encontram a cada momento."

O Starbuck, impressionado
Com o que via adiante,
Teceu sincero elogio
Ao seu nobre comandante.
Depois disso, o oficial,
Homem bom e mui leal,
Declarou muito exultante:

"Nesse caso, meu senhor,
É só o navio levar
Para onde esses cardumes
Por certo hão de se achar.
Vamos poupar muito tempo,
Evitando contratempo,
E, assim, muito lucrar..."

Diante da empolgação
Que Starbuck então mostrava,
O capitão conservou
A sisudez que o marcava.
Mas logo se levantou,
E calmamente falou
Ao homem que ali se achava:

"Pode ser, meu camarada.
Mas, antes, eu vou tratar
De um negócio inconcluso
Que agora hei de completar.
Foi pra isso que aqui vim;
E pondo a isso um fim,
Farei o que desejar."

"Que negócio, capitão?"
- O Starbuck perguntou.
"Ela, meu bom camarada."
- O capitão retrucou.
E o mapa retomando,
Ao Starbuck foi mostrando
O plano que ele traçou:

"Se meu cálculo está correto,
Lá no Cabo das Tormentas
Moby-Dick agora cruza
Águas muito turbulentas.
No final de abril, assim,
Ela provará, enfim,
Destas minhas mãos cruentas."

Totalmente transtornado
Com tudo o que ali ouvia,
O Starbuck percebeu
O que o capitão queria:
Acabe só fora ao mar
Para poder se vingar,
E só isso o atraía:

"Vou matar qualquer baleia,
Pois esta é minha missão.
Mas saiba que não concordo
Com esta sua intenção:
Vingar-se de uma baleia
A qual o instinto norteia,
É blasfêmia, capitão."

Irritando-se, Acabe
Para o imediato diz:
"Ela deixou em minh'alma
Uma funda cicatriz.
Aquele horrendo titã
Tem parte com o vil Satã
E é toda cheia de ardis."

"Não é uma reles baleia
Que estou a perseguir.
Ela é tão somente a máscara
Usada para encobrir
O ser maldoso e imundo,
Que, desde o início do mundo,
Vem os homens afligir."

"O ser que aleija os homens,
Que neles impinge o medo,
Condenando a raça humana
A uma espécie de degredo.
Por isso minha alma arde;
E a matarei cedo ou tarde,
E espero que seja cedo."

"Por que ao invés de matar-me,
Morto-vivo me tornou?
Eu vivo pela metade,
Meio-homem é o que sou:
Meio corpo e coração,
Uma meia alma e pulmão...
Só metade ela deixou...."

O Starbuck, ouvindo isso,
Disse com feição austera
Que aquilo afrontava Deus,
Porque Moby-Dick era
Só um ser irracional,
Não um agente do mal
Ou uma satânica fera.

O capitão, percebendo
Que o Starbuck rejeitava
O plano que ele urdia,
Disse que com ele estava
A inteira tripulação,
Que iria pôr em ação
O que ele planejava.

"Meu capitão, não precisa
Ter preocupação comigo,
Pois mesmo que eu discorde
De seu plano, eu já lhe digo
Que irei sempre obedecer
As ordens que eu receber,
Porque todas as leis sigo."

Nessa ocasião eu fui
Trabalhar como vigia.
Era essa primeira vez
Que na tal cesta eu subia.
Felizmente, eu tive sorte:
Um cardume vi ao norte,
E gritei, com euforia:

"Baleias! Muitas baleias!
Vejo dezenas ali."
Meu alarme, bem ligeiro,
Provocou um frenesi.
Vendo homens, aos pinotes,
Correndo para os três botes,
Logo da cesta eu desci.

E a matança foi enorme
Sob o céu de puro anil.
Para guardar tanto óleo,
Iria faltar barril.
Mesmo o marujo mais xucro,
Já imaginava o lucro
Com a matança febril.

Foi aí que toda a sorte
Foi trocada por tristeza,
Tudo porque um baleeiro
Que tinha a bandeira inglesa
Até nós se dirigiu,
E ao nosso convés subiu
Seu capitão com presteza.

Ele estava muito alegre
E ao bom Deus agradecia
Pelo mui vasto cardume
Que encontraram nesse dia:
"Não é mesmo uma riqueza?
Deus nos ama, com certeza."
- Disse com muita euforia.

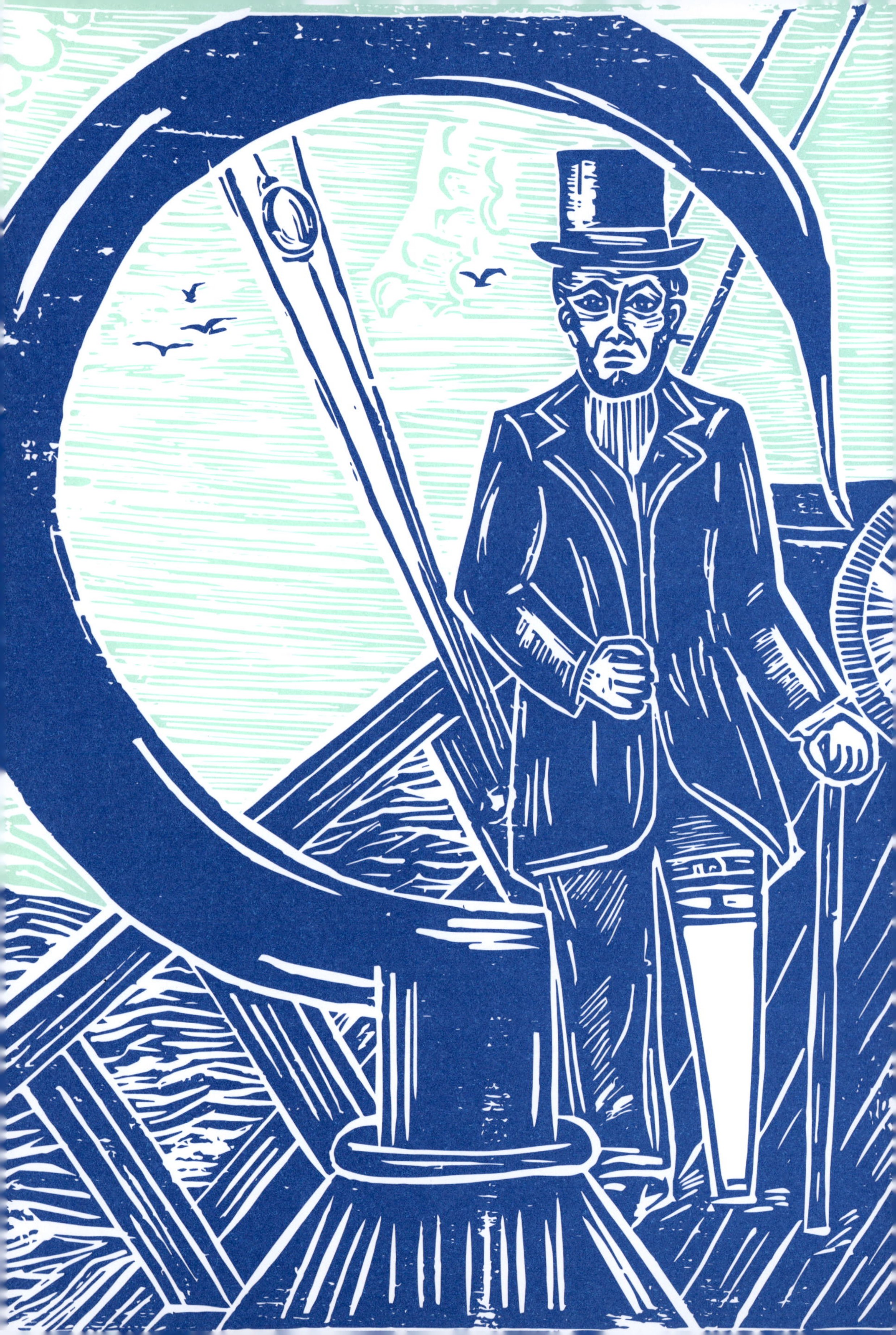

Muito diferente dele,
Acabe se lamentava,
Porque o imenso cardume
Que a tripulação caçava
Afastava seu navio
Do seu real desafio:
Ter a rival que buscava.

Tinha o capitão inglês,
Em lugar de uma das mãos,
Um pequeno e forte gancho
Feito por bons artesãos.
Então ele foi dizendo
Enquanto ia batendo
O gancho nos corrimãos:

"Com isso aqui é mais fácil
Minhas garrafas abrir.
Foi um presente de Deus
Que eu vim a conseguir
Numa noite de lua cheia,
Quando uma branca baleia
Veio a minha mão pedir."

Sem ligar para a piada,
Acabe lhe perguntou:
"Foi uma baleia branca
Que a sua mão arrancou?
E nessa sua viagem
Você não viu, de passagem,
O monstro que o atacou?"

"Sim, amigo, eu a vi.
Foi bem perto das Tormentas.
Lancei então meus arpões
Nas suas costas alvacentas.
Mas ela só se feriu,
E de novo escapuliu
Debaixo das minhas ventas."

Os cálculos de Acabe
Assim eram confirmados.
Olhando pro imediato,
Ele ordena em altos brados
Que parassem a matança,
Pois queria, sem tardança,
Que os homens fossem chamados:

"Chame bem depressa os homens.
Deixe as baleias no mar.
Temos que erguer as âncoras
E para o Índico rumar.
Recolha os botes de volta,
Que de minha ira e revolta
Moby-Dick vai provar."

Ouvindo aquela blasfêmia,
O bom capitão inglês
Abandonou o navio
Com a maior rapidez,
Pois via que a ira cega
Fizera com que o colega
Enlouquecesse de vez.

Não adiantou o rogo
Do Starbuck, o imediato.
Ele tentou demonstrar
Que partir era insensato,
Pois muito óleo pra lume
Que lhes daria o cardume
Perderiam com esse ato.

"Já lhe disse que o dinheiro
Não é mais o que me move.
E não preciso que alguém
Esse meu projeto aprove.
Já tenho o plano traçado,
Que será executado.
Disso ninguém me demove."

Todos três botes de volta
O Starbuck então chamou.
Ao verem ao longe o sinal,
Logo a surpresa imperou:
"Como nos mandam voltar,
Com tanto pra se matar?"
- Cada um se perguntou.

Tristeza e decepção
No navio imperaram,
Por deixarmos o cardume
Que os céus nos ofertaram.
E fomos para as Tormentas,
Para as águas turbulentas
Que muitas naus já tragaram.

Tempos depois, o Rachel,
Veio em nossa direção,
E quando se encontrava
Bem perto de nós, então,
Um oficial nos saúda
E logo nos pede ajuda,
Implorando ao capitão:

"Caçávamos Moby-Dick,
Quando ela nos atacou.
Logo um dos nossos botes
Não resistiu e virou.
O filho do comandante
Está entre os que a gigante
No revolto mar lançou."

"Pedimos, assim, ajuda
Para acharmos o menino.
Ele só tem doze anos
E seu corpo é bem franzino.
E a cada hora que passa
Mais se avizinha a desgraça
Do marujo pequenino."

Atender o seu colega
Não queria o capitão.
O Starbuck, bem baixinho,
Disse para Acabe então:
"Somos cristãos; não podemos
Negar ajuda, ou teremos
Do mundo a reprovação."

No entanto, Acabe estava
Diante de um grande impasse:
Moby-Dick escaparia
Se ele se demorasse.
Sendo ela a sua meta,
A resposta foi direta,
Sendo dita face a face:

"Eu persigo Moby-Dick,
Do seu filho a assassina.
Não posso me demorar,
Senão me foge a cretina."
O colega diz-lhe então:
"Deus perdoe-lhe, capitão,
Vá cumprir a sua sina."

A tripulação inteira
Estava contrariada.
Cada um deles sabia
Da reação esperada
Por todas docas e cais
Frente àquela ação mordaz
Por Acabe efetuada.

Os céticos, certamente,
Dirão: "Foi coincidência".
Mas eu prefiro dizer
Que Deus, já sem paciência,
Resolveu nos castigar
Por nos deixarmos guiar
Pelas sanhas da demência.

O certo é que o céu tão limpo
De repente escureceu.
A tempestade inclemente
Contra o navio bateu.
Com nossas velas rasgadas,
E partes avariadas,
Muito o Pequod sofreu.

Depois que cessou o vento,
Não houve brisa a soprar.
Com o calor que fazia,
Cessamos de trabalhar.
Havia um clima tenso,
Com todo mundo propenso
A discutir e a brigar.

Sem querer, pensei em Jonas
Personagem do sermão
Que o senhor Mapple pregara
Com muito brilho e emoção.
Pois como foi com o profeta,
O erro de um só afeta
Toda uma tripulação.

Queequeg jogou seus búzios,
Rito que era costumeiro.
Com a resposta do oráculo,
Abalou-se o companheiro.
Ele, ao carpinteiro, então,
Encomendou um caixão
Para entregar-lhe ligeiro.

O oráculo mostrara
Que ele logo morreria.
Por isso, ele de mim
Depressa se despedia:
"Fique com o meu dinheiro.
Adeus, meu bom companheiro,
Que chegado é o meu dia."

O carpinteiro, cumprindo
O pedido tão urgente,
Preparou logo o caixão,
Seguindo perfeitamente
Cada detalhe passado
De modo muito apressado
Pelo seu novo cliente.

Vendo a que ponto o plano
De Acabe nos levou,
Os outros oficiais
O Starbuck então chamou.
E ao Stubb e ao Flask procura
Mostrar que era loucura
O que Acabe planejou:

"Ele irá nos conduzir
À completa perdição.
E por isso é necessário
Tirar-lhe o comando, então.
A lei nos dá o suporte,
Pois ele perdeu o norte,
A moral e a razão."

Tanto o Stubb quanto o Flask
Rejeitaram tal proposta,
A qual, pelo imediato,
Tinha sido então exposta:
"Acabe é bom comandante.
Com ele, eu irei avante."
- Deu o Stubb essa resposta.

Sem apoio, o imediato
Percebia que sozinho
Não ia poder conter
O projeto tão mesquinho
Que seu capitão urdia
E que, por certo, traria
Um efeito bem daninho.

Ele pensava no assunto,
Quando bradou o vigia,
Dizendo que Moby-Dick
Um pouco à frente seguia.
Acabe deixa a saleta
E lança mão da luneta,
Se enchendo de euforia:

"É ela! É a Moby-Dick!
Achamos a desgraçada!
Força aí nesse navio!
Olha o timão, camarada!
Miserável, sem tardança
Hás de provar a vingança
De minh'alma atormentada!"

Antes de entrarmos nos botes,
Acabe foi entregar
Ao vigia a tal moeda,
Vindo depois a falar:
"Os lucros que ganharei
Com todos dividirei,
Quando o monstro exterminar."

Mas vimos que algo ruim
Estava prestes a vir,
Quando um dos marinheiros
Veio no mar a cair.
Como Jonas, o aludido
Foi pelo mar engolido,
Não vindo mais a emergir.

O sumiço do marujo
Nos trouxe grande pesar,
Porém uma obra havia
Pra gente realizar.
Mesmo prevendo ruína,
Tentei voltar à rotina,
E uma brisa fui tomar.

Vi então o capitão
Lá, bem junto ao parapeito.
Pensando em Moby-Dick
Devia estar o sujeito.
De repente, se voltou
E a todos declarou
Mais ou menos desse jeito:

"Sentem o cheiro de terra
Que o vento consigo traz?
Recifes, musgos e conchas,
Tantas outras coisas mais
Que ela traz sobre si...
É qual uma ilha que aqui
Vem roubar-nos toda paz."

Aquela alusão à terra
Me fez de Elias lembrar.
Para Acabe então contei
O que eu vim a escutar.
Ele atento me escutou.
Sem comentar, ordenou
Que os botes fossem pro mar.

Acabe entrou num dos botes,
E a caçada começou.
Todavia, Moby-Dick
Bem veloz se deslocou.
Mesmo remando depressa,
Nos cansávamos à beça,
E ela se distanciou.

Acabe, bem transtornado,
Só nos mandava aumentar
O ritmo das remadas,
Visando se aproximar
De sua grande rival,
Pra dar o golpe fatal
Que a iria exterminar.

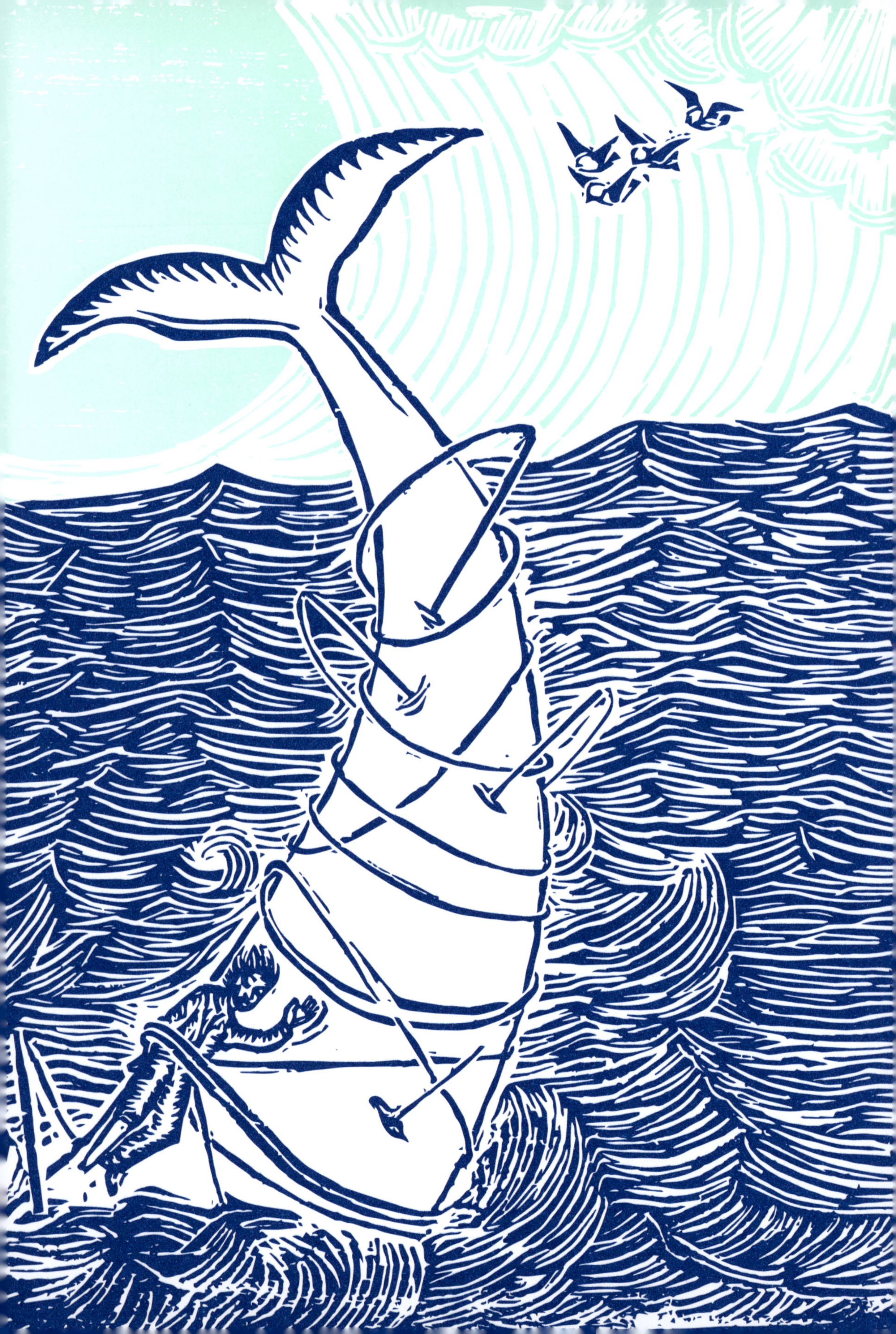

Um dos homens, por cansaço,
De repente desmaiou.
Tomando o assento dele,
O capitão comandou
O avanço de nosso bote
Até chegar ao "cangote"
Do bicho que o mutilou.

Então Queequeg lançou
Seu impiedoso arpão,
Que atingiu Moby-Dick
Com enorme precisão.
Mas o animal ferido,
Não se dando por vencido,
Imergiu de prontidão.

Houve um silêncio enorme,
Que só vinha a ser quebrado
Pelas aves que seguiam
O cetáceo agigantado.
Este, que sumido havia,
De repente ressurgia
Com um salto alucinado.

Em prosseguimento ao salto,
O choque do corpanzil
Fez com que virasse um bote
No mar revolto e hostil.
Vendo isso, o capitão
Pegou uma corda do arpão
Preso ao bicho forte e vil.

Por meio da corda, Acabe
Chegou-se à sua rival.
Retirando um dos arpões
Presos naquele animal,
Por várias vezes feriu
A baleia, que imergiu
No mar bravo e abissal.

Quando ela voltou à tona,
Acabe já não vivia.
Mas, enganchado nas cordas
Dos arpões que nela havia,
Parecia que carona
Pegava na grandalhona,
Que, arpoada, fenecia.

Só um dos braços de Acabe
Amarrado não se achava.
Como esse se movia
Quando a baleia nadava,
Mais parecia um aceno
Que, de modo bem sereno,
Cada um de nós chamava.

"A profecia de Elias!"
- Eu pensei rapidamente.
"Acabe voltou do túmulo
E agora acena pra gente.
Falta-nos, então, saber
Quem não irá atender
Ao seu aceno inclemente."

Não pude continuar
Com esse meu pensamento,
Pois Moby-Dick, sentindo
Da morte o fatal momento,
O nosso barco atacou,
O qual, por fim, naufragou
Num sinistro movimento.

Os homens desesperados
Que lutavam pela vida
Terminaram falecendo
Depois de nova investida
Do agonizante animal,
Que reagia, afinal,
A toda agressão sofrida.

Eu também notava a morte
Já de mim se avizinhando,
Pois a força pra nadar
Já estava me faltando.
Foi quando, desesperado,
Vi um objeto ao meu lado
Que se mantinha boiando.

Quando eu o alcancei,
Notei que era o caixão
Que o meu amigo Queequeg
Comprara de um artesão.
Sobre o esquife deitado,
Deixei-me ser carregado
Pelas correntes, então.

Horas depois, o Rachel,
Que um menino procurava,
Encontrou-me desmaiado
Sobre o caixão que vagava.
Foi assim que se cumpriu
Algo que Elias previu:
Do Pequod, um só restava.

Da fúria de Moby-Dick
Só eu vim a escapar.
O que está feito, está feito,
Não importa lamentar.
E se da morte escapei
Foi apenas, bem sabei,
Para esta história contar.

FIM

Stélio Torquato Lima

Nasceu em Fortaleza, em 8 de outubro de 1966. É doutor em Letras pela Universidade Federal da Paraíba – UFPB – e professor de Literaturas Africanas de Língua Portuguesa na Universidade Federal do Ceará – UFC, onde também coordena o Grupo de Estudos Literatura Popular (GELP).

Entre as mais de 150 obras que já publicou, destacam-se: *Primas em Cordel* (versão de 12 obras da literatura universal para o cordel); *Iracema*, (Adaptação do romance de José de Alencar); *Lógikka, a Bruxinha Verde* (Prêmio Mais Cultura de Literatura de Cordel, organizado pelo Ministério da Cultura); *O Pastorzinho de Nuvens* (1º lugar Programa de Alfabetização na Idade Certa - PAIC, da Secretaria de Educação do Estado do Ceará), *Shakespeare em cordel* (reunião da versão de 11 peças do bardo inglês para o cordel, publicada em 2013), *Cordel do Pequeno Príncipe* (publicado em 2016) e *Macunaíma em Cordel* (2018).

Contato: profstelio@yahoo.com.br

Lucélia Borges

Nasceu em Bom Jesus da Lapa, sertão baiano, e viveu muitos anos em Serra do Ramalho, região do Médio São Francisco, em companhia da bisavó Maria Magalhães Borges (1926-2004), uma grande mestra da cultura popular. Produtora cultural, xilogravadora e contadora de histórias, dedica-se, ainda, à pesquisa das manifestações tradicionais do interior baiano, com destaque para a cavalhada teatral de Serra do Ramalho e de Bom Jesus da Lapa, tema de sua pesquisa para o mestrado na Universidade de São Paulo. Em 2018, a convite do Sharjah Institute for Heritage, esteve nos Emirados Árabes Unidos, ministrando oficinas de xilogravura para crianças. Ilustrou vários folhetos de cordel e os livros *A Jornada Heroica de Maria*, de Marco Haurélio (Melhoramentos) e *Ithale: fábulas de Moçambique*, de Artinésio Widinesse (Editora de Cultura). Também colaborou com Marco Haurélio na recolha e transcrição dos contos populares que integram o livro *Vozes da Tradição* (IMEPH, 2018).

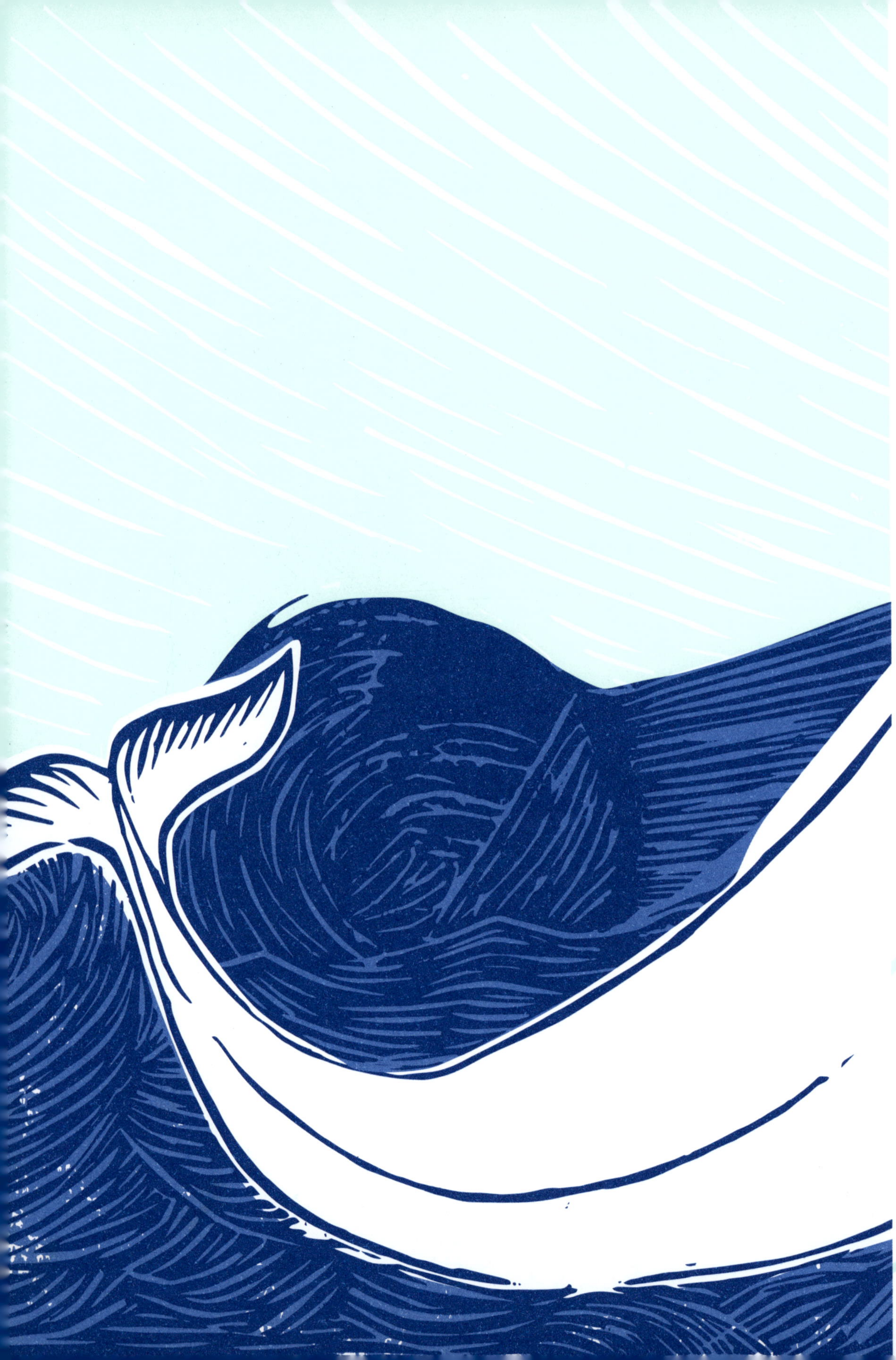

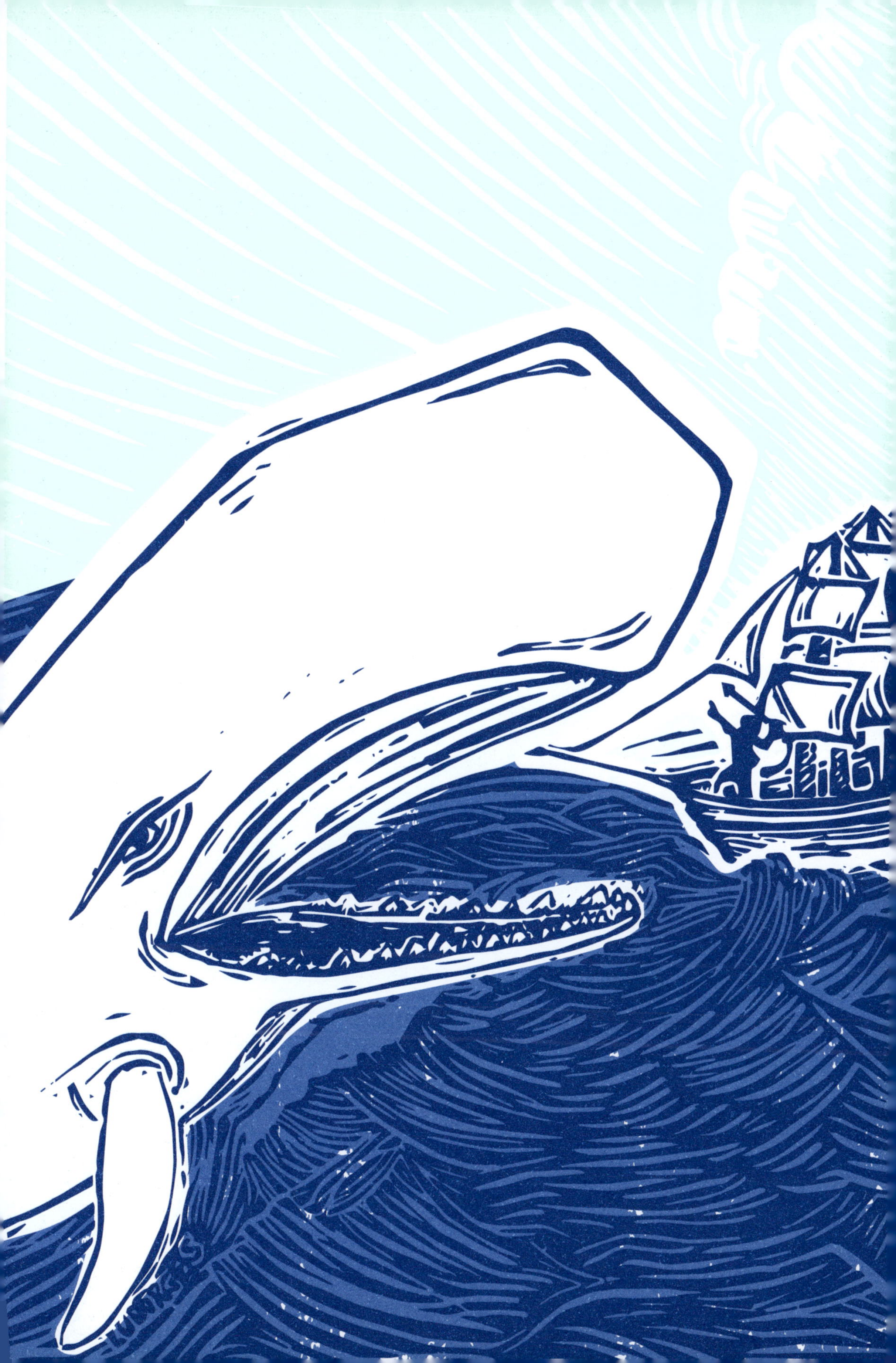

Título original: Moby-Dick; or, The Whale
©Copyright, 2019, Stélio Torquato Lima
Todos os direitos reservados.

Xilogravuras: Lucélia Borges
Projeto Gráfico, Capa e
Editoração Eletrônica: Maurício Mallet

Editora Nova Alexandria
www.novaalexandria.com.br

GRASS Indústria Gráfica
Impresso em papel
Capa - TRIPLEX 250g
Miolo - OFFSET 120g